왼쪽의 감정

도서출판
작가마을

왼쪽의 감정

초판인쇄 | 2018년 10월 20일　**초판발행** | 2018년 10월 30일
진해은이 | 이진　**주간** | 배재경　**펴낸이** | 배재도　**펴낸곳** | 도서출판 작가마을
등　록 | 2002년 8월 29일(제 2002-000012호)
주　소 | 부산광역시 중구 대청로 141번길 15-1 대륙빌딩 301호
　　　　T. 051)248-4145, 2598　F. 051)248-0723　E. seepoet@hanmail.net

ISBN 979-11-5606-111-3 03810　₩10000

※ 이 도서의 국립중앙도서관 출판예정도서목록(CIP)은 서지정보유통지원시스템 홈페이지
　(http://seoji.nl.go.kr)와 국가자료공동목록시스템(http://www.nl.go.kr/kolisnet)에서
　이용하실 수 있습니다.(CIP제어번호: CIP2018031362)

본 도서는 2018년도 부산문화재단 지역문화예술특성화지원사업으로 지원을 받았습니다.

작가마을 시인선 ③③

왼쪽의 감정

이진해 시집

淨水에 몸을 기댄 북극곰

얼음덩이와 얼음덩이 사이로

시간이 지나간다

그냥, 존재하는 그대로

2018년 여름이 지나고 있다

이 진 해

이진해 시집

작
가
마
을

시
인
선
�33

• **차례**

왼쪽의 감정

제2부

이진해 시집

작가마을 시인선 ㉝

왼쪽의 감정

이진해 시집

작가마을
시인선
㉝

제5부

제1부

피의 변론

피를 뽑으러 병원 침대에 눕는다
피를 뽑으러 나락 논에 들어선다

피를 뽑으러 소매를 걷어올린다
피를 뽑으러 바지 가랭이를 걷어 올린다

팔뚝에서 뽑아내는 붉은 피와
논귀에서 뽑아내는 푸른 피와

피를 뽑은 주사기를 소독하는 동안
피를 뽑은 손아귀를 무논에서 씻는 동안

한 병동에서는 아이가 태어나고
한 무논에서는 벼 포기가 자라나고

– 무궁화 꽃이 피었습니다

F. W. Nietzsche

가라사대
神은 죽었다
이겼다, 이겼다
인공지능과 한판도 겨루지 못한
택시 기사도 사라지고
돈만 챙기는 변호사도 사라지고
입김을 숨긴 보안시스템은 늙은이의 목을 자른다
좌표 위의 확률은 검거나 희다
기다림에 지친 아버지들은 돼지처럼
아이를 구덩이에 파묻는다
한 표를 위해 맞잡은 손들은 날이 밝자
등을 돌린다
검은 돌이거나 흰 돌이거나
적군이거나 아군이거나
광고 속으로 몸을 바꾼다
태우지 못한 달의 기도가 염려된다
달이 차오른다
달이 차오른다
심술궂은 소문처럼 神의 귀에 닿는다

14 왼쪽의 감정

낡은 컴퓨터를 버린다
눈알을 숨긴 그림자가 움찔한다
붉은 동백이 피었다
전송을 거부한 R의 상황을 지운다
무언가 후루룩 들이키고 싶다
아무 일 없듯이
신 김치를 볶은 국수를 만다
숨통이 트인다

그림은 언어나 시였다

반구대에서 사라진 귀신고래는
깊은 동굴 속으로 자취를 감춘다
사랑을 잃은 슬픈 눈망울이 뚝뚝 떨어진다
울리지 않는 종탑을 울리고 있다
은박지에 새겨진 붉은 황소는
들소처럼 뛰어간다
암호 같은 울음이 동굴을 채운다
쐐기풀이 자란다
배 한척이 지나가고 파도가 뒤따른다
포말처럼 엉겨 붙는 말들이 하얗다
오른쪽을 바라보고
왼쪽을 바라보고
오른쪽과 왼쪽의 꽃과 나무
오른쪽과 왼쪽의 들소와 사슴무리
초파일 연등이 바람에 나부낀다
왼손에 이름을 들고 태어난 이는
오른손으로 불국토를 꿈꾼다
그림은 언어나 시처럼 그렇게
남겨둔 흔적이다

들소 한 마리 멀리서 뛰어온다
붉은 눈을 새긴다
모르는 일이지만 이중섭이 오고 있다

이상의 집

그의 벽은 어디에 있을까
종로구 자하문로 7길에 남겨진
낡은 한옥은 사방 통유리로 답답하지는 않았다
다만 굳게 단혀진
문짝은 감옥처럼 무겁다
문을 열고 올라선 곳은 옥상도 아닌
허공에 매달린 계단이다
벽이 사라진 이유에 갇혀 있다
내려가든가 올라가든가
날개가 필요하다
벽이 사라진 허공이 아슬아슬
그의 엷은 미소 같다
문짝 뒤편 벽속에 갇혀 있다
날고 싶은데 날개가 없고
누군가의 손을 잡고 싶은데 허공에 벽이 없다
샤갈의 날개를 훔쳐다 주면
그는 날아서 날아서
허공의 벽속에 누워 잠을 자겠지

날개만 가지고 오느라 두고 온
피리소리가 벽속에 가득하다
바람이 불고 비가 내리고
모두를 움켜쥐고 사라지는 벽이다
어느 문도 열지 못하고
어느 문도 닫지 못한다
헐렁거리는 신발 한 짝이 벗겨진다
비의 틈새로 미끄러진다

기억이 너무 멀다

그 문 앞에 꽃을 두고
놓지 못하는 손은 축축했다
눈을 감았다
기억을 가두었다
그가 건네준 꽃 한 묶음
포마드를 바른 남자는
한 손에 시간을 들고 있다
그것도 인연인지
나도 꽃을 잘 안다
어느 날, 누군가의 칼금에 사라진
기억은 다시 감금된다
길 위로, 강 너머로
눈물이 흐르지 않는다
목에서 넘실거린다
강물 같은 슬픔에 잠긴다
어딘가로 사라진 사진처럼
기억은 멀어지고
페이지 터너가 되어
기억의 페이지를 들추고 싶은

눈물같은 것이라도 훔쳐오고 싶은
다시 태어 날 수 없는
다시 데려오고 싶은 기억
눈目속에 눈물이 차올라
흐릿해지는 사진속의 그가 없다

꽃을 지나는 시간

오체투지로 밀어내는 꽃들의
시간은 빠르다 느리게 빠르다
아주 더디게 올 것 같은 시간은
아는 이가 없다
모르는 이도 없다
피노키오를 다듬던
제페토 할아버지는
분홍 꽃을 다듬는다
노란 꽃을 다듬는다
담배 한 모금 피우는 사이
알 수 없는 꽃들이 떨어진다
손을 놓고 떨어진다
피노키오 동상은 너무 크다
세상의 거짓말은 너무 높다
바람의 결은 리듬을 탄다
바람 불어 좋은날도 물론 있다
봄을 반기는 자리를 편다
눈처럼 떨어지는 꽃은 눈이다
달빛 가득한 밤에도 떨어진다

솜사탕 같은 꽃들이 뭉텅뭉텅 핀다

밤하늘에 소리가 있다

코 먹은 소리를 한다

몸뚱이 하나로 누리는 황홀함을 본다

너처럼 그렇게 피고 싶다

딸기는 입안의 꽃이다

토마토를 칼로 자른다

때 이른 참외는 아직 맛이 아니다

누군가 떠난 빈자리

꽃들이 지난 시간이 떨어지고

거짓말 같은 날이 또 핀다

길이 벗겨진다

지도에도 없는 길을 간다
바람의 예각으로 기울어진
새의 꼬리를 닮아간다
길은 날마다
길의 경계를 숨기고
꿈에서 날고 있는 나비는
다빈치의 화풍을 닮아간다
모나리자의 온화한 미소는
오늘도 팔짱을 풀지 않고
마술 같은 회전각을 숨긴다
틈이 성근 날개 하나
등을 숨긴 카톡처럼
느슨한 나사에 흔들거린다
묶어둘 말뚝이 없다
손톱은 여린 살 속으로 파고든다
게딱지같은 캔 뚜껑을 딴다
부글거리는 탄산수가 게의 알처럼 엉겨붙는다
날개에 끼얹는다
달짝지근한 접착제는 찐득하다

나비처럼 난다

한강은 아직 꽁꽁 얼어있다

햇살에 반짝이는 강에는 관제탑이 없다

달콤한 활주로가 둔각처럼 열린다

성급한 발걸음이 강을 가로 질러 간다

강의 각질이 조금 벗겨진다

말 그대로

나는 뱀처럼 살았다

땅 위를 기어가고

뭇 시선에 숨어들고

내뱉은 토씨들은 사라지고

말들을 품은 혓바닥은 두 가닥으로 깊게 갈라졌다

발잔등에 툭 툭 불거진 걸음의 흔적은 지우고 싶다

몸 위를 기어가는 뱀의 꼬리에 놀라는 밤은

가위눌린 게 아니라

몽유병환자처럼 떠도는 꿈에 걸린

어지러운 발바닥

족사足絲처럼 새겨지는 시간들

내 발바닥 같지 않은

허공에 매달린 살덩이

엉덩이를 거꾸로 치켜들고 흔든다

아찔한 전율이 가시처럼 몸을 찌른다

뱀처럼 웅크린다

말 그대로

내 몸으로 길을 내고 싶다

내 입술로 사랑이라고 꾹 눌러 찍었던 뜨거움
장미가 줄기를 타고 기어간다
나도 장미처럼 담장을 타고 꿈틀거린다
어디서 날아온 허공이
둥글게 등을 내민다

붉음 자서전

눈을 뜨는 것들은 붉다
피가 흐른다
꽁꽁 얼어버린 허공을 이고 있는 꽃망울들
붉다
햇살을 먹는 목련
바람을 움켜쥐는 벚꽃
숨소리를 거두는 버들강아지
꽃도
나무도
짐승도
붉음을 찾아
헷갈림을 찾아
붉게 울거나
붉게 피어난다
오늘도 꽃이 좋다
한 잎, 한 잎
터트리는 붉은 환희
새들은 꽃들이 남긴 열매를 삼킨다
붉은 혀로 햇살을 솎아낸다

꽃 향이 가득한 바람은 아지랑이처럼
허공에 붉음이 매달린다
계절이 또 한 바퀴 자전을 한다
저 속에 숨겨진 붉은 언어
해석하지 않기로 한다
소문 하나 걸음을 감춘다

끝

갈라파고스 해안가를 제 집처럼 거니는

거북이로 환생했으면 좋겠어

조금 느린 탱고를 추었으면 좋겠어

가슴을 도려낸 여배우는 철 지난 불륜을 되씹지

습관 혹은 규칙처럼

물고기 한 마리 변기 속 좁은 통로를 찾네

환생의 틈으로 헤엄쳐

갈라파고스로 가라고

물을 길게 내리네

땀은 그냥 등줄기를 타고 내리지

검은 아스팔트는

검고 뜨거운 혓바닥을 숨기고

불의 입김을 빨아들이네

아파트 창에서 뛰어내린

숫사자 푸조는

횡단보도를 지나는 토씨들을 삼키네

금색 하이힐은 굽을 잃어버리네

검은 혓바닥을 들추네

편도선은 목을 점령하고

뜨겁게 박힌 가시를 그냥 두네
가까운 바다에서 상어가 나타났다네
손톱에는 봉숭아꽃물
좁고 둥근 어깨는
시원한 바람도 잠깐
무더운 바람도 잠깐
금빛날개를 탈각한 매미가 울어대네
배롱나무꽃 뜨겁게 발기하네

꿈 하나 엔딩으로

그렇군요
꿈을 꾸시는군요
꿈에 놀라 이불을 끌어당기는군요
침대 밑으로 팔이나, 다리 하나 툭 떨어지군요
까마득한 절벽아래
파도가 시커멓게 울고 있나요
보세요
꽃이 되고 싶었나요
목화송이 같은 미소가 고여 있는
솜 이불속으로 오세요
아늑한 향수에 파묻혀 사는
나는 꽃무지
꽃에 입맞춤하는 몸 뜨거워져요
가끔 땅속에서도 뜨거운 것이 솟구치나요
꿈이 흔들리거나
꿈이 보이지 않을 때는
각자의 뜨거운 몸짓으로 울어본다지요
영화 장면 한 토막에 눈물을 쏟았지요
세상사는 알음알음의

꿈 하나 막장으로 가고
낭떠러지 속의 낭떠러지
시퍼렇다고,

노란 프리지아 한 다발 주세요

검은 머리가 지나간다
빈 해골이 된 옛날이름이 된
영화는 엔딩으로 가고 있다
자막 끝에 이름이 없다
자리를 지키는 연인들은 호호거리며
입을 포갠다
매케한 담배연기를 뒤집어 쓴
어두운 창밖의 풍경이 낯설다
어딘가로 가야하는데
약국 앞에서 일단 내린다
무슨 약이든 먹어야 될 것 같다
사야 할 약 이름도
그의 이름도 검은 입술에 맴돈다
횡단보도를 지나간다
과거가 된 모든 것이 눈을 뜬다
어제 시작된 겨울이다
내 숨을 누군가 가로챈다
갈비뼈가 활처럼 둥글게 휘더니
살갗을 찢고 튀어 나가려 한다

갈비뼈는 본래 내 것이 아니다
터질 것 같은 숨쉬기가 힘들다
명치끝에 쑥뜸을 놓는다
물 한 모금의 길이 생긴다
바람소리에 떨켜가 생긴다
응석처럼 내뱉는 노란색
프리지아 한 다발 꿈처럼 중얼거린다
아직 보이지 않는 봄
집 앞 횡단보도에 서 있다

왼쪽의 감정

왼쪽으로 기우는 버스가 급정거를 한다
모두가 오른쪽으로 고개를 제낀다
오른쪽은 맑음
왼쪽은 흐림
괜찮아 이건 보통의 상식이야
누군가 부르는 소리에 오른쪽이 돌아본다
왼쪽의 감정은 무의미 하다
먼저 다가가는 순간은 없다
왼쪽 차 문을 열어 열쇠를 꽂는다
오른쪽을 대접해야 한다
백미러에 뜬 오른 쪽 풍경
오른쪽이든, 왼쪽이든
비어 있다던가 가득 차 있다던가
그 또한 길 위의 낯선 풍경이다
화투를 치거나, 빨래를 비틀 때면
오른 손 아닌 왼손이 나선다
오늘밤도 왼쪽으로 머리를 누인다
종일 애매한 오른쪽은 모른다

목련의 색이나, 장미의 색이나
모두가 그냥 그런 색이다
어느 쪽으로 햇살이 머무는지
어느 쪽으로 꽃이 피는지
봄은 봄기운을 이고 온다

유리벽에 갇힌 아가미

빙하는 천년을 지나야 바다로 돌아간대요
바다로 돌아갈 시간을 재고 있나요
작은 유리벽 사이로 오가는 몸뚱이들
어떤 시간을 재고 있나요
무엇을 또 헤아릴 수 있나요
네가 가지고 있는 차가운 피
쓰디쓴 유혹이래요
적나라하게 몸을 드러내는 여기
어쩌지 못하고 피는 붉어요
아픈 가시에 자꾸 찔려요
피는 날마다 꽃처럼 떨어져요
마음이 꼬깃꼬깃 웅크려져요
삼키지 못하고 뱉은 가시는 선인장 같아요
어디로든 돌아가 숨어야겠어요
바다 속이나, 태양 속으로
지금 이곳 유리벽은 얼음장 같아요
발가벗기운 채
뻐끔질이나 하는
토하고 싶은 울분은 아가미에 걸려요

상처보다 깊고 날카로운 칼을 갈아요
저울에 갇힌 몸뚱이는 떨고 있어요
그냥, 바다를 그리는
덧없이 싸늘한 빙하에요

일어나는 길, 물집이 터진다

팔등신 미인은 야자수다
육감적이다
찬바람에 감기라도 들까봐
볏짚으로 동여맨 몸피는 미이라다
일필휘지 써 내려간 붓이다
궁서체로 일어날지
굴림체로 일어날지
추사체로 일어날지
숨긴 발바닥은 물집을 터트린다
빨간 몽우리가 일어선다
오늘밤에는 블루문을 봐야지
달의 길을 터트려야 한다
고드름이 거꾸로 솟아난다
스키는 스키
누군가는 합창을 엎었다
꽃은 분명 거꾸로 일어서지 않는다
하늘은 뻥 뚫려있다
밤은 고전적이다
종일 내 뱉아 굳어진 말이 얼었다

화면에 고드름이 가득 하다
등이 따뜻해서 일어나기 싫다
속보가 자주 일어선다
아직도 추운 새벽이다
자다가도 시계를 본다
속보는 불길에 휩싸이고
속보는 얼음구덩이에 스키를 집어 던진다
막이 내린다

왼쪽의
감정

작가마을시인선33 · 이 진 해

제2부

봄

그가 옮겨 심은 수수꽃다리는
미스 김 라일락으로 불린다
아무것도 있지 않음을 견디며
아무것도 아닌 고통을 견디며
그리움과 아픔을 되새기며
꽃을 피웠다
살아남았다
그리고는 다시 안태본으로 돌아왔다
노승은 평생을 일본목련을 후박나무라 믿었다
후박나무로 불리우고 가꾸었다
불리우는 대로 불리우고
불리우는 대로 기억되고
비슷한 꽃들이 많다
일본목련, 후박나무, 산딸나무
어떻게 부르든
마디마디 물관을 열어 꽃을 피운
바람에 흔들리는 기억만으로 꽃을 피운
바람소리에 다시 꽃을 떨구는
꽃을 좋아하는 계절이다

숲속에 숨은 모닝 꽃

복사꽃 살구꽃 다 지고
온통 연두, 연두로 뒤덮인 낮은 숲속
빨간 장미가 피었다
잎들 사이 틈새에 피었다
교묘하게도 피었다
가까이 발돋움하니
붉은 입술연지를 바른 장미꽃이 아니다
빨간색 모닝 자동차다
숲속에 있는 모닝의 경계는 저녁이 아니다
경계를 가로 지른 바퀴
숲속에 장미가 피었다고 좋아 했다
가시처럼 숨은, 뾰족한 숨소리를 숨긴
젊은 연인들이 숲속으로 가고 있다
女와 子가 낳은 好
눈꼴사나운 애정행각이라도
좋구나, 오늘은 그냥 지나 갈 께
나는 꽃을 보았으니까
연두 옆에 빨강은 사랑이라고 끄덕인다

그들의 사랑을 모세혈관에 이식을 한다
회춘묘약이다
심장이 벌렁거리는 피돌기
과부화에 걸린 걸음이 잠시 휘청거린다
햇살이 따갑다

꽃의 그늘이 붉다

숨이 막히는 위층의 체위

가글거리며 토해낸

가글 냄새로 썩고 있는 아래층

새벽箸을 타고 내리는 옅은 잠귀

마우스에 파묻는다

부적처럼 매달린 달력의 날짜를 지운다

붉은 꽃도 기억을 지울까

사각거리는 홑이불 아래

고무깔창을 덧댄 꽃그늘이 깊다

직역을 하지 못해

어느 곳도 찔러대지 못하는 바람

담장위로 자라지 못하는 낭패

난도질을 해대는 통증은

온몸이 슬픔으로 반죽된

민달팽이 같다

푸른 직언이 스며들지 못하고

가난은 곰팡이처럼 폭염 속에 자라난다

바람은 숨은 담벼락을 곁눈질 한다

쓰다버린 온열매트를 누군가 담벼락에 걸친다

바람이 눕는다
차마 입을 떼지 못하는
가난한 아비의 자식이 고무깔창에 꽃잎을 부친다
누가 눈물 같은 물감을 엎질렀다
골목길에 번지는
꽃그늘이 붉다

겨울비

가시 같은 수직의 말이
빈 칸을 메우고 부수더니
온 몸을 찌르네
슬픔이란 건 그런 거더라
목울대에 걸리더니
손끝을 지나 아래로 아래로
서서히 잠기더라
추스르지 못하겠더라
꽃처럼 툭 떨어져
돌고 돌아도 다시 오지 않더라
보내지 못한 연서 한 통
어제 지나간 사랑은 마른 꽃처럼
바람에 흩어지고
어제 했던 입맞춤은 수신이 차단된
제목도 모르는 노래였더라
홍매화에 젖었다가
산당화에 젖었다가
그냥 서 있는
빈 가지에 눈을 주다가

깨진 화분 틈새로 끼어드는
몸이 차갑더라
수직의 말이 곁가지에 올리더라
붉은 꽃이 어쩌다 피는
낙서는 붉은 멍울이더라

길은 눈물이다

슬픔은 안개처럼 흐리다
길 위에 흩어진다
숨을 곳이 없는
길 밖으로 나앉는다
먼지를 푹 뒤집어쓴
길가의 마른 풀처럼
입을 닫고 흔들거리는 눈물
시간이 지나면 허전할 것이다
그래도 자꾸 달라붙는다
포도송이처럼
어디론가 팔려간 늙은 개
등짝에 허공을 가득 달고
길 위에 혹처럼 서 있다
어쩌다 돌아왔네
용서했을까
쥐약을 먹고 눈을 감고
광목천에 누이고
포도나무아래 묻고
그때는 몰랐지

그 풍경을 생각할 때마다
길 위에서 눈물이 나는 것을
눈물이 포도송이처럼
뚝뚝 떨어지리라는 것을
시간이 지나도
할 수 있는 게 없는 눈물은
본디 먼지 같은 노점상처럼
슬픔이 쌓이네
안개처럼 쌓이네
기억이 사라질 것 같아
밑줄 하나 긋고
오늘,

그리움이 펄펄

나는 구름에서 태어났어요
구름은 나의 집이예요
날마다 아래만 쳐다보았더니
내 짝지는 비雨라고 하네요
바람은 나를 흔들어요
하루라도 가만있지를 못하죠
두 눈을 잠시 감았죠
어둠속에서도 느껴지는 곳이 어딘지
손을 내 밀어요
문은 처음부터 그렇게 열어요
봄이면 그냥 열어 두기도 하지요
위층으로 올라가야 할 것 같아요
마을 뒷산 나무들이 옷을 벗기로 했나봐요
하루 종일 우수수 잎을 떨구네요
우중충한 나의 얼굴을 걱정하나봐요
수시로 얼굴 바꾸기를 하는 달
오늘은 슈퍼문 이래요
그래요 원래 야누스 같은 아이랍니다
현관문은 잠그고 뒷문을 열어야겠어요

달 그림자 뒤에 숨어서 雪이나 꿈꾸어야겠어요

걱정마요, 빙판길은 아니구요

잠시 펄펄 그리움처럼 쏟을거에요

물을 새기다

강은 비에 젖고 있다
버드나무 가지도 젖는다
벚꽃 꽃잎을 타고
자드락길 담배 밭 물오른 뿌리를 지난다
수묵화 같은 풍경이다
물소리가 은근하다
보고픈 사람의 소리가 잠긴 물속이다
비 소리가 토닥토닥 물에 젖는다
바늘에 스며든 먹물로 지워지지 않는
타투를 몸에 새기듯
비는 강의 옆구리 가장 예민한 곳에 떨어진다
아픔을 참으며 먹빛 타투 꽃이 피어난다
봄비로 새긴다
물속을 깨운다
복숭아열매에는 봉지를 씌우고
햇빛을 가리는 사과나무 가지를 자른다
서늘한 비의 타투는 까칠한 껍질이 된다
봄비가 내린다
강을 덮는다

햇살이 잠긴 풍경이
물속에 잠긴 마을이
게으른 낮잠에 잠긴다
비에 젖은 신발을 툭툭 털고
강의 허리에 기대는 늦은 봄이다
뱉지 못한 말들이 떨어진다
비처럼 꽃물이 떨어진다

봄 굿

검은 것이 흰 것을 덮어 버린다
흰 것은 검은 것을 뒤집어쓴다
아침에 주문한 것이 해가 질 무렵
쓱 누르니 쓰윽 얼굴을 내민다
백화점과 마트를 뒤집어 쓴 광고
땡처리 물건을 장바구니에 담는다
결제는 저들끼리 하더니
저녁이면 어둠을 타고 배송된다
이것은 검다 이것은 희다
시간은 시간의 틈새를 타고
지는 꽃이 캄캄하다
색은 색에게 보내고 검은색만 오라
아니면 흰색을
투명한 유리병 속 말린꽃만 오라
하얗게 바랜
쓰레기통에 버린 입술만 오라
검게 눕는 자리는
검다
희다, 희다고

머리칼을 뽑는다
증인심문을 해야 한다
구름이 태양을 쏙 감춘다
봄비가 사납게 바닥을 친다

아득하다

슬픔이라는 것이
제 집처럼 들어앉는다
슬픔을 껴안는다
허리가 잠긴다
목이 잠긴다
걸음이 잠긴다
허우적거리다 껴안는
허공 속에 깔린
붉은 노을이 잠깐 사라진다
몸을 바꾼 달은 저쪽에 있다
아무 말도 하지 않는 달은
침묵정진 중이다
왜 이리 깊은지 달의 옆구리를
찍어본다 스위치백의 구간으로
방금 진행하는 달을
포근하게 안아줄 생각을 한다
꽃이 핀 뜰에 내려앉아
꽃을 어루만지는 달 속에
어느새 보름달이 된 달이 뜬다

둥그런 풍선이 뜬다
나는 그 풍선 속으로 가서
아직 껴안아보지 못한
달을 그린다
심장이 그냥 뛴다
누군가 내 이름을 몇 번 부른다
어둠이 온다고 타이른다

사랑

한때는 붉었다
붉었으나
검정이나 회색에도 기웃거리다가
붉은 것
차츰 바래어지고
붉은 칸나를 쓱 자른다
지나치게 붉은 그거
못마땅하다고 눈치주면서
꽃들도 서로 시샘하면서
피고 있는지도 모르지
능소화처럼 웃음 툭툭 떨구면서
널브러지는 가랭이들
손톱에 물들인 봉숭아꽃물
활활 타오르지 않아도 좋은
창호지 틈새로 비치던 달빛
자존심이 흔들리는
숨고 싶은 시간
하얀 백지로 두리라
묻지도 따지지도 않으리라

지금, 생각이 나서 좋으니까
솜 같은 눈이 쏟아지는 것 같다

저녁놀 아래

도요등에는 가슴이 검은 도요새가 산다
하얀 백합조개가 숨어있는 백합등
저어새가 사는 맹금머리등은 무인의 모래섬이다
누군가는 떠나가고
누군가는 기다리고
기억처럼 그 자리를 지키는 모래톱
저녁노을이 필 무렵
노을빛 그림자가 날개처럼
강의 하구로 모여드는 곳이다
햇살 때문이라고 말하지 않는
노을 때문이라고 말하지 않는
짓무르듯이 짓무르듯이
눈물이 흐르는 날이 있다
강물처럼,
때로는 반짝이거나
때로는 흘러가거나
수취인 불명의 그리움이 있다
입속으로 오돌거리던 모음은 별이 되고
귓가를 지나던 자음은 달이 되고

염치없이 달라붙는 토씨에 허우적거린다
떠다니는 발걸음은 그리움에 부푼다
물살은 모래톱에 회오리를 친다
물수제비처럼

왼쪽의
감정

작가마을시인선 33 · 이 진 해

제3부

쓰레기통에는 부고장이 있다

누군가 뱉은 사과 씨는 바오밥 나무처럼 거꾸로 자랐다 겨울바람에 핀 매화는 금요일부터 한 잎씩 오므라들고 시들거리던 꽃가지는 수분기 사라진다 누렇게 푸석거리는 일요일을 쓰레기통에 버린다 시간에 박제된 검버섯, 재활용하려고 들고 온 검은 비닐봉지가 하늘을 난다 검은 부고장이 온 동네를 날아다닌다 나의 쓰레기통에도 날아다닌다 시간이 버린 시간이 화원을 기웃거린다 걸음을 붙잡는 꽃의 울음에 취한다 소주처럼 찌릿한 느낌은 없다만 안주가 필요 없는 호젓한 울음에 취한다 나는 누구의 꽃이었나 내 슬픔은 밖에서 안으로 들어오고, 향기로운 꽃들은 안에서 밖으로 자라나고 어느 생을 더듬듯 꽃잎을 넘긴다 차창 밖으로 버리는 담배꽁초가 바람 따라 사르르 날아오른다 바퀴에 쓰러진다 부고장이다 안과 밖이 함께 곡을 한다

샤갈을 좋아하지

주단이라고 하는
노을이 강의 끝을 감싸고 있다
노을은 강의 처음 배내저고리
노을은 강의 마지막 수의
누가 부른 것도 아닌데
누가 등을 떠민 것도 아닌데
주단을 잡으러
나는 강으로 들어 갔네
아직 솜털이 보송한 소녀였네
두려움도 없지
밤마다 누군가를 죽이지
책속에 잠든 그대를 끄집어내지
사다리도 없는 천장 밑의 방에서 굴러 떨어지지
끄집어낸 그대가 방울방울 눈물이더라
펼쳐진 페이지를 닫아도
내게 오는 문자들이 있다는 것을 믿지 않았지
가슴이 턱턱 막히지
젖은 활자들이 개미처럼 기어가지
문득, 몸이 가려워지지

줄을 잡고 가는 염소가 내달리지
줄 따라 가슴이 뛰어가지
염소를 잡아 염소를 가두지
염소 안에 작은 염소를 그린 샤갈을 좋아하지
이해하지는 못해도
아니, 이해하지 못하기 때문이지

커피 꼰빠냐

　모든 슬픈 것들은 쓰고 검다
생을 떠난 것들은 흑백사진이다
우유도 넣지 말고 카라멜도 넣지 말고
쵸코시럽도 넣지 말고
커피는 달달하고 부드러운 생크림 속에 숨어서
혓바닥을 물고 핥는 은근한
폼생폼사에 홀린 꼰빠냐가 좋다
먹고 나면 속이 아리다
목젓을 태워버린 사랑같다
한없이 지루하고 자꾸만 떨어져 나가는 꿈
보풀이 나고 헤진
유행을 지난 후줄근한 가디간
올을 잡아 댕기고 풀어본다
뜨거운 수증기로 털실을 다듬는다
대바늘로 메리야스뜨기를 한다
아주 짧은 조끼를 뜬다
커피는 식어가고 혓바닥이 하나
커피 잔 변두리에 걸려 있다

올이 풀린다고 다시 짜는 스웨터는

커피 향처럼 풀려나가고

생을 떠난 흑백사진이 벽에 걸린다

세모

해넘이를 지켜보는
일몰은 한순간이다
기다리던 마음도 붉어지려 한다
떨어지는 것들은 차갑다, 쓸쓸하다
발걸음을 주춤하게 하는 떨어진 꽃잎들
탁본도 뜰 수 없는 빗방울은
차갑게 차갑게 나를 훑고 간다
떨어지지 않기 위해 날으는 나비들 혹은 새들
떨어지지 않기 위해 집을 짓는 거미들
순식간에 일어나는 풍경은 머물러 있지 않고
내 눈을 흔들리게 한다
마음도 흔들린다
끝까지 쓸쓸하지 않은 것도 있다
하얀 눈 위에 떨어진 붉은 동백
무서운 동맥이다
정맥이다
치사하게 생명을 구걸하지 않고
붉게, 차갑게
눈을 품는다

가장 차가운, 가장 포근한 눈
나도 동백꽃처럼 떨어지고 싶다
붉은 과즙을 흘리는 수박
연이은 속보에 버리려던 수박 껍질을 만지작거린다
아직은 뿌리가 튼튼한
蘭이 꽃대를 밀어 올린다

거리마다 부뚜막이다

외할머니의 부뚜막이었던 곳, 밥물이 흘러내리면 기차
소리 자장가처럼 잘도 잘도 자라던 애기호박 한 덩이 구
수한 된장국이 되던 곳, 징용 간 외삼촌을 위해 새벽마다
조왕신께 무사귀환을 빌던 곳, 동해남부선경전철 거제해
맞이역이 되었다 고봉으로 담은 놋그릇의 하얀 쌀밥은 해
질녘이면 넝마를 짊어진 가난한 이가 거두어갔다 온갖 푸
성귀가 자라 밥상이 풍성했다 심심하면 뛰어나와 철로에
귀를 대고 어디쯤 왔니 기차야 그 미세한 울림은 스마트
폰 보다 정확했다 병뚜껑이나 녹슨 못을 기차가 올 때쯤
선로위에 두면 기차가 지나간 자리에는 동그랗게 납작하
게 바뀐 신기한 병뚜껑과 작은 은장도처럼 변한 못을 친
구들에게 자랑을 했다 남자 도깨비 주인공을 좋아해서 유
일하게 보는 드라마에서 그가 먹는 샌드위치가 먹고 싶었
다 그 부뚜막을 찾느라 인터넷을 돌아다닌다 유명한 부뚜
막은 모두 거리로 나앉았다 가족과 아는 이들을 위해 그
곳을 찾아간다 기차야 어디쯤 왔니 그 시절의 두근거림처
럼 맛있다고 잘 먹었다고 모두 웃어주면 부뚜막 찾기는
성공이다 맛난 것을 자신 있게 내놓는 부뚜막 간판을 기
억한다 인터넷은 누구의 부뚜막 이었나 인터넷은 고개를
갸웃거린다

그대로, 그렇게

가슴은 등의 반대편이다
오늘은 내일의 반대편이 된
등본을 뗀다
가슴의 반대편 같은 강아지
길잡이처럼 앞서 달아난다
달아나는 꼬리를 따라간다
등본에 올려야하나 저 강아지
나를 앞서가는 등을 본다
나를 증명하는 주민증
나를 보여주는 네모난 서류 한 통
네모난 서류 한 장으로 증명되는 가족
애초에, 무리수이거나
수식이 성립되지 않는 엉터리이거나
찢을 수 없는 증명서류
누구도 이의를 달지 못한다
등을 대고 있는 그가 청첩장을 보내온다
나는 내 꼬리를 흔든다

궤적

길을 찾을 수 없네
거꾸로 박힌 눈물 같아도
화를 벌컥 낼 수가 없는
그것조차도 사랑이거든
그냥 서 있는
그냥 쌍 박혀 있는
달밤을 달밤이라고 하는
그립다고 하는
그냥 해 본 말이라고 하는
獻花歌의 곡조가 부럽다고
그냥 입을 닫기로 하는
절벽이라고 하는
오작동을 움켜쥔
찢어진 흑백사진의 한 컷인가
올려다보면 아득하고
내려다보면 위태로운
아주 높거나, 아주 낮거나
사랑이란 게 그렇다

깊게 패인 주름은 각질처럼 굳어져서
떼어내지도 못하는
슬픔이었네

낡은 풍경

나는 나비의 문장을 다 읽지 못했지
가슴을 드러내고
유효기간 지나버린 끈적한 타액을 묻히고
초음파를 찍는다
다시, 유방촬영을 위해
이쪽저쪽 이래저래 힘껏 네 번을 누른다
달고나 국자를 틀에 붓고 별을 찍는
여지없이 조각나는 칠성판
젖꽃판이 아리다
땡처리 되었거나
균일가 판매에 들어간 사랑타령의 연속극은
뻔한 송사에 휘말리기 싫다
브래지어가 필요 없는 헐렁한 코트를 입고
늦은 게으름을 주머니에 넣고 청사포로 간다
붉은 심장처럼
아주 뜨겁고 쓰라린 커피 꼰빠냐를 마신다
약간은 거친 파도가 좋다
낚시에 걸린 도다리 한 마리
방파제를 치고 오르는 꼬리는 파닥거린다

머리부터 발끝까지 훑는다
저 비릿하고 꼬들꼬들 거리는 몸뚱이를 씹어보고 싶다
순결하고 탱탱한 유방을 가지고 싶다
늙은 여자에게 필요한 것은 유방이다
우아하게 고양이처럼
늙은 여자에게 필요 없는 것은 유방이다

기울다 기우는

지하철 개찰구를 나가지 못하고
1층 엘레베이터 안에서 1층을 계속 누른다
미동도 없다
반대편으로 기우는 느낌이다
사랑을 깎아 세우는
하나의 기둥이 달아나
어릴 적처럼 자꾸 추락한다
버스 안에 들어온 벌레 한 마리는
한 변을 타고 위로 올라간다
거꾸로 지나야하는 곳에서 움직이지 못하고
기울어짐을 거부하느라
기울어짐을 방지하느라
구석으로 숨어든
나무들은 삼각의 축으로 자란다
숫자 3처럼 허공을 물고 있다
명품백으로 삼각지지대를 만들고
나무의 삼각지지대처럼
기울어지는 몸을 지지한다
닳아버린 구두 뒤축이 요란하다

무엇에 단단히 기울어진
방황할 수도 없는 시간만이 지켜보고 있다
호텔에 시인의 방을 요구하는
여류시인의 용기가 나를 기울게 한다
바람의 틈새로 가을이 기운다

달을 부른다

전봇대를 끌어안고
귀를 대고 있는 사내를 본다
저 깊은 말들의 내장을 들추어내는 손길이 부럽다
살아오면서 나는 말들의 깊은 속을 끌어안거나
들여다 본 적이 없다 전봇대 위로 달이 상형문자로 떠
오른다
해석되지 않는 이방인의 언어처럼
어렵다
셔터를 누른다
밤새 품어보면 말문이 트일까
어느 이름은 사라졌고
어느 이름은 너무 멀리 있고
화로에 구워지는 생선은 머리와 꼬리가 없다
거두절미한 언어같다
안부도 이제 정갈하면 한다
덕지덕지 달라붙은 지느러미라든지
숨을 거둔 붉은 아가미라든지.

알맞은 화력에 생선의 등이 휘어진다
전봇대를 끌어안는 그를 삭제한다
무수한 전선을 지나는 말들이 말의 울음처럼
윙윙거린다
달은 전봇대에 앉아 쉰다
너무 타지 않게 생선의 등을 뒤집는다

촌발스럽게

이제사, 겨우
바스락 거리는 잎을 발라내는 나무가 있다
꽃 피우다 꽃 피우다
지친 꽃들은
바람에 다 저당 잡히는 봄날이다
커다란 배처럼 뒤집어지지 않으려고
증거조차 빗물에 씻기우고 마는
연분홍치마는 카메라셔터에 깜짝 뒤집어진다
강물에 둥둥 떠내려가는
인화되지 못한 발뒷꿈치
봄 햇살에 잠이라도 들세라
길냥이는 햇살보다
더 빨리 횡단보도를 뛰어간다
카메라보다 빠르다 아무것도 확인하지 못한 그냥
블랙박스도 좋았다고 한다
박수가 쏟아진다
꽃들이 눈발처럼 응수를 한다
봄날은 그렇다고 한다
피는 것 보다 지는 게 더 많은

봄은 지는 것이다
봄은 떨어지는 것이다
연분홍치마 제대로 입어보지도 못했다
촌발날린다고
촌발스런 꽃이 수집어한다
여기쯤에서 촌발스럽게
수집어 하는 꽃을 본다

민들레

입안으로 굴린
누군가의 환한 문장이 되고 싶다
하얗고 둥근 씨앗의 날개를 꺾는다
조그만 입으로 후후 분다
어느 어두운 동굴 틈새에 피더라도
노랗게 필 것이다
쑥스러운 듯 뛰어가는 아이를 보면서 나도 하나 꺾는다
후후, 제자리를 맴돈다
돌아보면 아쉬운 게 더 많아
자꾸 눈물이 나지
눈썹 끝에 매달리는
햇살은 분수처럼
나무들의 옆구리에 내려앉는다
말풍선을 아낌없이 쏟아낸다
분수는 달에 닿았다
사진은 그렇다
굴러오는 금빛 토시들
눈물의 그림자
동굴처럼, 어둡기만 하지
두 무릎을 공 굴려 동굴을 외면한다
머리 위에 툭 떨어지는 차가운 그림자
그냥 두기로 하지

아무렇지도 않다

가끔은 그렇다
붉은 장미조차도 알 수 없는 대꾸 같은
가시를 내밀고
꽃들의 수다에 지친 잎들은
생을 하직한다
새들은 말을 숨기려 하늘을 날아오른다
거짓과 오만은 비누방울처럼
날아오르다 불꽃의 잔재처럼 잿더미를 뒤집어쓴다
꿈을 어슬렁거리는 잠꼬대
나는 내가 부담스럽다
아무렇지도 않다는 표정을 짓는
깃발도 없는 말들이 흔드는
아무렇지도 않게 만국기처럼 흩날린다
다가오는 상처가 두렵다
아주 가벼운 날개를 가지고 싶다
이 무거운 말을 등에 지고
새들의 말 하나쯤은 들을 수 있는,
허공에 다다를 수 있는,

붉은 제목

남자의 손에 책이 흔들린다
붉게 각인된 제목
피 빛이다
안보는 척 하면서 목을 움직여본다
눈에 들어오는 사람들은 모두 폰을 들여다보고 있다
아마도, 폰 속에 목숨이 있나보다
저렇게 용감하게 목숨을 읽는 남자와
저렇게 진지하게 목숨을 찾는 사람들
어쩌면 같은 상황에 제각각인 사람들
보이지 않는 바깥 풍경을 상상한다
사람들의 뒤만 보는 버스의 배치가 좋다
죽음의 유혹을 느낀 적이 있다
물 위의 노을이 나를 누이고
물 위의 길을 가고 싶은
나는 나비처럼 훨훨 날고 싶은
나를 잡은 것은 결국 나였다
혼자 댕그라니 남겨진다
종점이라고 내리라는 안내방송
벚꽃이 떨어진 자리에

꽃받침이 다시 떨어진다
버찌가 열리겠다
꽃도 아닌, 버찌도 아닌
때 이른 수박 한 덩이를 고른다
잠시 동안 애가 탔다

그럼에도, 불구하고

칼바람, 눈바람에도
꽃들은 벌써 붉은 망울을 매달고 있다
무엇으로 답신을 주고받았기에
저리 맨 살로 달려 나오는지
궁금하다
빛의 속도, 무제한급 회신이다
무소식이 희소식이라 하여도
그럼에도 불구하고, 스마트 폰을 켠다
심심하다고
피워 올릴 꽃 한 송이 없으니까
누군가의 의도적인 거래다
길 위에서 폰을 켜고
산 위에서 폰을 켜고
지하철에서 폰을 켜고
잠자리 베개머리에다 폰을 두고 잠이 든다
부러 시치미를 감춘다
자는 척 한다
소식을 건네는 자의 신상이 떠오른다
듣기 거북한 소식

성가신 소식
한 템포 늦거나 잘못 누르는 바람에 결국
소식과 접촉한다
재빠르게 달려오는 애완견처럼
머리 숙이고 먹이를 건져 올린다

늦은 저녁상

사라지거나 흔적이 모호한
틈새가 거추장스러울 때가 있다
민달팽이의 묵언과 보이지 않는
피부 표면에 달라붙는 소름 같은
그것들은 틈새를 엿보고 있다
들을 수가 없거나 들리지 않는
붉은 쉼표를 숨긴 소리 하나
연분홍으로 바뀐 소리를 풀고 있다
솜털 같은 문자로
온 몸을 숨긴 흔적 하나는
축제의 나팔 같은 댓글을 달고 있다
관을 타고 물소리가 들린다
무엇이 터졌는지 소리가 올차다
앉아있는 엉덩이가 불안하다
꽃 하나 피었다고 바람이 투덜거린다
어쩜, 이별은 해마다 오는지
꽃 하나에 이별 하나
꽃 둘에 이별 둘
무얼 떼어내려는지

늦은 저녁상이 흔들거린다
급히 도착한 카톡 소식에는
때 아닌 눈이 내리고 있다
꽃 한 줌 떨어지겠다

왼쪽의
감정

작가마을시인선33 · 이 진 해

제4부

반 고흐

옥수수 밭은 옥수수를 가두었다
하늘이 자라나는 울타리는
층층의 고요를 물고 있다
수평선의 경계가 붉어진다
길 잃은 뿌리들이 서로 엉킨다
잠이 쏟아진다
소리를 가둔
그냥 이대로 엉겨서 굳어야 한다
잠자리가 귀 속을 파먹고 있다
봉함엽서처럼 입술이 닫힌다
시커먼 어둠이 지퍼를 채우나 부다
잠자리가 다 파먹은 귀가 떨어진다
사방으로 펼쳐진 날개는
나를 들어 올린다
수평선이 자꾸 가라앉고 있다
속곳을 움켜진 손이 저리다
뜬금없는 바람에 흔들거린다
저기 있는 나는
여기 있는 나를 본다

거미가 사는 집

출렁거리거나 흔들거리거나
햇살에 반짝이거나
빗물에 조롱조롱 구슬을 매달거나
이유 없이 구슬을 터트리는 놈은
스스로 목숨을 내놓게 한다
사랑 같은 것에 방심하는 척 하다가
고운 나비 한 마리 집어 삼키거나
날지 못하는 날개는
숱한 의혹을 낳고 있지
손가락은 긴 창이 되거나
방패가 되기도 하지
흔들거리거나 출렁거리는 문자들은
햇살에 알몸을 드러내지
제 날개를 부셔버리지
모르는 척 눈을 감기도 하지
줄행랑을 치는 꼬리는 위장을 하지
잎도 따라 흔들리지
햇살의 현미경으로 들여다보는 잠자리 따위야
날개 하나 금방 부러뜨리지

다시금 가지고 싶은 집 한 채
너였으면 좋겠다
출렁거리거나, 흔들거리거나
지나가는 바람이 또 한 줄을 걸어 올리지
푸른 잎이 돋아나지

별이고 싶다

허공의 틈새를 타고 눈과 비는
천천히 혹은 빠르게
괄호 닫고 열고 사라진다
원래 그렇다는 소리는
처마 끝에 눈 녹는 소리다
혹은 빗방울 떨어지는 소리다
소리는 물속으로 사라진다
물고기들의 놀이개감이 된
가끔 메꿀 수 없는 외로움으로 출렁거린다
잠을 청하고 외롭지 않으려
스스로 목숨을 끊는 사람과 통화한다
괄호를 닫고 괄호 속에 들앉는 사정을
괄호 풀듯이 열어 보고 싶다
모든 익숙한 것에 당혹스러워진다
아무도 모르게 괄호를 닫고 싶다
지저분하지는 않겠다
겨울나무에 매달린 별빛 같은
바람의 건들거림에도 미동도 않는
새벽하늘에 눈뜨는 별이고 싶다

꿈

그가 가고
그가 온다
아직 어떤 소식도 없다
그가 없다는 걸 잊어버리고
허방에 곤두박질을 친다
풀색 옷을 입은 그가 온다
깊은 숲속에서 살던 이 같다
빗장뼈를 연다
그가 들어온다
잠이 깬
아직 이른 새벽이다
첫 마음처럼
첫 느낌처럼
그렇게 기억되는 풀색 옷을 입은 그가 온다
그가 가고
그가 온다
그를 안으려는 가슴에 커다란 구멍이 난다
수많은 나비 떼가 구멍 밖으로 날아오른다
풀숲을 지나듯
나를 지나고 있다

봄 안부

꽃 속에서 꽃이 나왔다
비를 맞는다
제 몸이 제물이다
검은색 중형 세단 차에 누운 꽃들
꽃상여 같다
아픔이 아픔을 이별한다
눈물이 난다
세상의 어떤 꽃상여보다
에로틱하고, 은밀하다
스스로 挽章을 읽는 꽃들
스스로 피어났으니
스스로 떠나는 길이다
저 길을 따라
꽃의 절벽에 꽃으로 매달리고
폭포처럼 흘러가는지
햇살에 둥둥거리는지
아직도 표류중인지
담장너머 보라빛 라일락이 피고

꽃 진자리 푸른 새순이
얼굴을 내민다
나는 잘 있는지 안부를 묻는다
봄,

폐선 - 피안이다

나 죽거든 찰밥 한 덩이에 개어서
산속 너럭바위에 던져라
해풍이 두려워서
혼자서 바다를 떠나본 적 없는 엄마
두 다리는 녹이 슬고
땅 위에 어푸러진 고철이 된 폐선
녹슨 삶에 짓밟힌 나는
남은 힘으로 방향키를 잡는다
파도는 위험한 낭떠러지다
엄마를 업고 걸리고
하루 하루 건너는 낭떠러지
파도는 더 이상 무섭지 않은
질긴 목숨 앞에 질긴 외로움을 끌어안고
밤마다 보채는 그리움 같은
베개머리에 복숭아가지가 자란다
주름 속에 감춘 살肉들을 추스러
말간 눈물로 헹구고 닦는다
김지미*보다 이쁜 우리 엄마

아껴둔 분첩을 열어 본다
삭은 목소리처럼 말갛게 엎드린 미소들
분첩을 톡톡 두드린다
밀가루처럼 부서지는 사라지는
분첩속의 미소가 기억하는
바다는 결코 아파하지 않는다
아직도 움켜진 방향키를 놓지 못하는
엄마, 나는 어린 피안이다

* 김지미 : 영화배우

사막, 어디쯤

사막으로 가는 꿈을 꾼다
다홍치마 덮고 노숙을 하고 싶다
마이너스 통장에 쾅쾅 별이 찍혔으면 좋겠다
무에서 유로 가는 길목인지
유에서 무로 가는 길목인지
사막여우도, 어린왕자도, 소금 꽃이 될지도 모르는 장미
꽃도
소설속의 각주처럼 매달린
나도 우왕좌왕이다
개떡 같은 은유는 먹어치우고
죽은 은유에 목을 매단다
낙타가 들어간 바늘을 찾아야 한다
몸에 문신을 새기듯
꿈의 길을 나서며
바늘로 콕콕 시침질을 해야만 한다
낭떠러지도 없는 사막 위에서
그게 꿈이었는지 헷갈려 눈꺼풀이 파르르 떨린다
패키지 상품을 읽고 읽는다
낙타의 콧구멍이 벌렁거리는

무거운 모래바람이 지나고 있다
여행안내서가 모래바람에 묻힌다
어느 절망인지 흔적이 없다

소리의 뒤편

바람 소리에 창은 겁을 먹고 있다
창문 안에서 나도 겁을 먹고 있다
울음 뒤에 소리가 있고
노래 뒤에 소리가 있고
기차 뒤에 소리가 있고
장미나무 탁자가 흔들린다
가만히 쓰다듬는다
손에 가시가 박힌다
웅웅거리며 바람이 소리를 낸다
웅웅거릴 때마다, 가슴이 창문처럼 덜컹거린다
적산가옥에 자란 대숲도 저랬다
야윈 칼날들이 서로 나에게 덤볐다
조심스레 소리의 뒷쪽으로 숨었다
온 몸을 찔러대는 소리
피 흘리지 않고도 아픈
바람과 바람이 살을 섞는 서걱거리는
달은 하얗다
소리 뒤에 숨어도
바람을 흔들어대는 소리

소리에 찔린 밤이 지난다
무슨 상처의 흔적처럼
달은 아직도 하얗다

詩의 팩토리

나팔꽃이 기상나팔을 챙기는
어둑한 새벽이면
놀이터에는 늙은 수다가 수국수국 핀다
종이꽃처럼 햇살에 바래는 토씨들이다
시화전에 걸린 족자는
이미 바랬거나
누구의 끌어당김도 없는 빈 의자 같다
연두 어린잎에 달린
지난 가을의 낙엽은 껍질만 두른 수도승처럼
온 몸을 오그리고 있다
염력 같은 것으로 염치를 끌어당긴다
세찬 장맛비에 용케도 버틴다
햇살처럼 환한 다음 생이 지나고 있다
일주일간의 생을 부여받은
투명하지 않는 詩가
끌림이 없는 詩가 마음에 걸린다
의자에 누군가의 체온이 지나간다
수다를 기웃거리던 소나기 한 줄이다
소나기는 수다를 지나고

수다는 詩를 지나고
詩가 밥을 지나고
밥이 다시 詩를 지나고 있다
아무리 쳐다보아도 詩는 제자리다
아무도 모르게 의자를 옮긴다
궁서체를 끌어당긴다

후박나무 아래

능소화를 앞세우고
간간히 코고는 소리를 한다
저처럼 환한 잠을 자는 행복이 부럽다
저처럼 땅에 처박힌 뿌리 깊은 나무가 부럽다
갑자기 쓰나미처럼 달려드는 잠에 취한 듯
폭염에 지친 뿌리들이 발밑으로 모여든다
발바닥이 축축하다
저 놈의 용기
한 뿌리만 잘라 버릴까
요염한 입술을 내미는 접시꽃이 보고 있다
아무도 모르게 가방에서
볼펜을 손에 쥔다
한 줄기 소나기에 취한 어음을 끊는다
땡빚을 낸다
펄펄 끓는 가마솥 땡볕이다

어느 이름 하나

꽃집을 지날 때마다 기웃거린다
어느 눈물 뒤에 피었나
어느 웃음 앞에 피었나
푸른 풀씨 두개가 자라고 있다
한겨울인데도 쭉쭉 키를 늘린다
잡초일지 몰라도
기분이 좋다
최고의 꽃이 될지도 모를
푸른 심장을 그냥 두기로 한다
저 작은 풀씨에게도 숨긴 꿈이 있다
트럭이 엎어졌다
싣고 가던 병아리들이 무더기 째 압사 당한다
꼬마아이의 셔츠주머니로 구조된 병아리 두 마리
아이의 마음이 햇살 같아서 잘 자랄 것이다
일어나야겠다
우산처럼 우두커니 앉아
풀씨의 햇살을 막은 거 같다
베란다 창을 연다
햇살이 마구 화분을 먹고 있다

명자야 , 명자야

발레를 하고 싶었다
삐그덕거리는 나무계단을 올라가서
계단 끄트머리에 앉아
나비처럼 날아오르는
발롱 동작을 보느라
반나절을 보낸 적도 있다
입속을 맴도는 허밍을 굴리며
손과 발은 숨을 멈추고 있었다
누군가 손을 잡아주면
그게 사랑인 줄 알았다
답답하게 조여 오는
가슴을 끌어안고
두 발을 접은 펄 속에
펄의 잔재물에 쓸려가는
갈대밭에 갈대가 있다
그건 위안이 되지 못하고
몸에 달라붙는 바람은
믹서기에 남은 딸기 쥬스처럼
잘 걸러지지 않는다

까끌거리는 모래알갱이처럼
항상 내게 까끌거리던 너는
숨구멍이 숭숭한 대답을 준다
입맞춤은 딸기처럼 물컹거린다
삐그덕거리는 봄이다
명자야 , 명자야
붉은 명자 꽃을 심었다

왼쪽의
감정

작가마을시인선33 · 이 진 해

제5부

가지 않는 길

직진을 거부하고 우회전을 하는
버스는 내 방향 아니다
한 동안 머뭇거린다
운전기사의 지청구를 들으며 내린다
확인한 번호는
어떤 마술에 걸린 것 같다
택시를 탔다
신호를 무시하고 급하게 유턴을 한다
갑자기 가슴이 벌렁거린다 내 탓이다
한 번도 가보지 않은
보도 듣지도 못한 길에 어른거린다
어디론가 흔적도 없이 사라질
나는 택시를 타고 있다
아무도 나를 찾을 수 없는
어둠 같은 골목길에서
어느 시인처럼,
가슴에 느닷없는 지옥 하나 만들고
허공에는 타워크레인 하나 빙빙 돌려본다
나를 배반하듯 눈부신 햇살
골목 끝에서 나타난다

밥상

쉬는 날은 국수가 제격이다 알맞게 익은 김치를 볶고 양념장을 만든다 노른자를 분리해서 지단을 만든다 태백산에 간 친구는 발목이 푹푹 빠지는 雪國을 지나갔다 또 다른 친구는 남미의 이과수폭포를 보냈다 밥상이 허술해진다 혼밥이다 그래도 국수를 야무지게 해 먹는데 이도저도 귀찮은 오늘 구정 때 뽑아둔 가래떡을 팬에 노릇노릇 굽는다 조청이 빠지면 섭섭하지 냉장고를 뒤진다 깊숙이 숨겨둔 조청을 꺼내다 국물갓김치를 쏟고 말았다 덕분에 모두 다 꺼내고 냉장고 대청소다 하던 대로 국수를 말아야 했다 조금 힘든 노동 후 조청에 찍어먹는 가래떡이 꿀맛이다 밥상을 차리는 데는 어떤 공식도 필요치 않다 가족의 입맛을 생각하고 잘 먹는 모습을 생각하고 각자의 구미에 맞는 밥상을 차려낸다 가족이라는 오붓한 관계는 서로에게 기대고 서로에게 중요한 존재가 된다 돌아갈 고향도 보고 싶은 가족도 같이 먹던 음식이 그립다 핑계처럼 엄마가 해 주시던 밥이 먹고 싶은 것은 도시의 외로움과 고달픔 때문이다 햇푸성귀나 햇나물이 나면 그놈들을 줄기차게 먹고 날씨가 무더우면 콩을 갈아 콩국수를 해 먹고 햇곡식이 나오면 기장 찹쌀 콩 수수를 넣어 고소한 밥을 하고 추운 날이면 고기 없는 비지찌개나 돼지갈비 김치찜을 먹는다 엄마는 새벽시장을 가신다 물 좋은 생선을 사 오시고 때깔 좋은 과일을 사 오시고 입이 짧은 자식을 위해 먼 길도 마다않고 최상의 식재료를 구입 하신다 나도 그렇게 한다 자식이 우주고 신이다 엄마의 밥상은 항상 푸짐하다 모처럼 장어덮밥을 사 드린다 잘 잡수신다 감자를 곱게 간다 감자전을 부친 다 다행히 내가 해 드리는 감자전을 잘 드신다 전을 부치면서 맛보기 시식을 많이 했나 보다 커피를 마시 고 싶다 슬리퍼를 질질 끌고 에스프레소 콘파냐를 마 시러 간다

딸꾹질

줄넘기를 하는 그림자는
이쪽 아니면
저쪽에서 기웃거린다
대숲에 이는 바람을 기웃거린다
주전자에 물을 끓인다
들리지 않는 기적소리를 듣는다
선로위에 귀를 대고
어디쯤 왔니
어디쯤에서 타고 내리는 기억들
가만 떨구고 간다
말을 숨기느라 구덩이를 판다
쪄서 먹나
구워서 먹나
포크를 들었다가 다시 놓는다
나이프를 챙긴다
딸꾹질이 멈추지 않는다
좋아하는 술과 꽃을 밀쳐두고
눈치를 본다
침묵 같은 뒷모습은

눅눅하고 깊다 습지처럼
누워있는 아버지를 흔들어본다
그 등에 업히고 싶다
그의 무등을 타고 싶다
기억하고픈 밑줄처럼
나의 詩集에 들어 앉힌다
술 한 잔 따른다

독주곡

시리얼에 우유를 붓고 아침을 먹는다
다양한 시리얼 덕에 골라먹는 입맛 도 있다
혼밥에, 혼술에
영화관람은 조조할인으로 표를 끊는다
짬뽕이 먹고 싶은 날은 혼자 먹고 온다
혼자 오는 사람을 위해 작은 식탁이 준비된 집이다
맛이 있니 없니
아무도 거들지 않는 대꾸가 편하다
기분이 어떠냐고
나눔이 없는 이기심은 아니다
이기심의 모서리에 부딪히지 않으려 사방을 본다
먹다 둔 빈 커피 잔 같은
누구라도 심장을 둘로 나눌 수는 없으니
나는 나의 심장을
그대는 그대의 심장을 위하여 건배
붉은 포도주를 따른다
혼자 왔다가 혼자 가는 예행연습
철두철미하다
어느새 몸도 마음도 혼자에 익숙해져 있다

혼자를 즐긴다

어린이가 되고 싶은 키덜트

혼자 조립하고 혼자 즐기는 페어플레이

꿈은 혼자 꾸는 것이다

더러 놀라거나 슬퍼도

부서지지 않는

시간이 어디쯤 굴러가고 굴러온다

杳然

묘연을 믿으시나요
나풀거리는 지폐로 바꾼
구천 원의 사료는 너무 가볍다
반 토막 생선을 너에게 건네고
황태머리도 살을 좀 아껴서
너에게 보내고
해거름 들어 네 밥그릇을 채운다
등 뒤로 다가오는 하루의 얼굴
태어남은 어쩌다 위로가 되지 못하고
버림받은 서글픈 꿈의 잔해
물려받은 눈물
어둠아래 웅크린 멈춤 같은 거
나는 너에게 허리를 굽힌다
밤새 부는 바람을 어찌하지 못한다
너는 동그랗게 동그랗게
울음을 말아 머리에 누이고
종족에 대한 예의처럼

그루밍을 한다
나비처럼 나풀거리지 않는 나비야
오늘밤은 별들이 어딘가에서
네 울음소리를 들을 것이다
수만 발의 폭죽이 펑펑
네 굽은 허리를 곧추 세운다

이방인에 의한
이방인을 위한

새벽 첫 마을버스에 오른다

마을버스는 앉을 자리가 나지 않는다

날마다 호텔이 솟아오르고

아이들이 사라진 빈 놀이터에 붙박이들만 뒹군다

미끄럼틀에 미끄러진다

우산꽂이는 녹이 슬고 있다

빌딩은 이방인들이 세우고

빌딩은 이방인들이 허문다

그들의 밥이 생기고

그들의 집이 생기고

그들의 꿈이 생긴다

외상으로 낯선 곳을 여행하고

외상으로 맛 집을 돌고

김치 국물이 튄 옷을 명품으로 바꾼다

잔고를 모르는 가상화폐

바다에는 서서히 그들의 말이 뿌리를 내린다

말들이 물풀처럼 자라난다

누군가 지우개로 내일 아침을 지운다

말라버린 화분을 거둔다

서랍을 뒤적인다

어느 곳에 두었는지 꽃씨가 보이지 않는다

새끼를 밴 검은 염소는

백구에게 물렸다

물린 구멍사이로 붉은 피가 솟구친다

새끼들은 태어나지 못하고

어미흑염소 울음에 지쳐 숨을 거둔다

꼬리가 없다

꼬리를 감추고, 머리만 내민
숨쉬기도 멈추었는가
등짝에는 해류 같은 그리움의 물결이 새겨진다
세상은 얕아
아무 곳으로도 갈 수가 없다
어떤 소리가
어떤 소리를 삼키더니
밤은 아득하게 속이 탄다
철없고, 수줍어서 보낸 사랑은
어디쯤에서 소리를 감추고
어디쯤에서 소리를 찾고 있을까
소리가 되지 못한 오선지의 음표들
노래가 되지 못한 소리들
빨강, 노랑, 파랑
불빛들은 다투어 소리를 삼킨다
녹슨 칼처럼 무뎌지는,
가끔씩 들이받는 바퀴살에 몸이 기운다
부조형식의 고래
관성처럼, 꼬리를 치켜세운다

수평의 균형이 없는
고래, 고래는 바위처럼 자라나
바위처럼 굳어 간다
하얀 차선을 다시 긋는다

개사이다

개가 멍멍 짖어대고
사이다가 시원하게 짜릿하게
그런 해석을 합쳐놓으니
좋은 뜻 일거다
변방의 작은 나라가 만든 언어를 없애려 했다
대국의 글자만이 유일한 언어요, 자존심이었다
사드를 설치하니 백화점을 엎어버리고
미사일이 고래등의 새우를 죽이고
안전한 피난 메일을 발송하는 이웃나라
여행지에서도 언어를 알 수가 없을 때는
몸으로 알려주면 몸으로 답을 준다
애초에 언어라는 게 소통이 목적이라면
지금 세상은 모르는 언어, 알고 있는 언어들이
너무 많아서 오히려 부족한가 보다
어느 나라는 미사일이 언어가 되고
어느 나라는 돈이 언어가 되고 글자가 된다
개사이다
詩적이고 아름다운 언어는 꽃일게다,
몸으로 말하는 울긋불긋한 몸짓 앞에

벌이되기도 하고, 나비가 되기도 하는

그런 세상의 언어는 분명

냄새를 맡는 개 코다

일반적인 관심은 사양할게

조물주가 만든 인간이
알파고도 만들고
A1도 만들고
참으로 난감한 이 시국에
나까지 덩달아
나와 같은 나를 하나 만들고 싶은
3D 프린트기로 휘리릭
속마음이 들키지 않고 거부 반응만 없으면 성공이지
하나의 내가 죽었거나, 사라졌거나
살아있는 나에게 어떤 관심들이 올까 궁금하지
보통의 관심은 어쩌다 역겹지
포크로 콕콕 집어먹는
맛없는 뷔페 같지
그리고, 꼬리에 꼬리를 물고 있는
자동차 불빛이 헷갈리기도 하거든
바다에 몸을 풀어내는
달빛 같기도 해서
꿈으로 데리고 가거든
자귀나무 가지가 그림자를 골목어귀에 둘 때면

월담을 한 가지를 자르고 싶어
소리 없이 조용하다가도
바람 같은 것에 흔들리면 무섭지
생각나는 사람들이 싫어질 때가 있지
날개처럼 훅 날아갈 것도 같아
그조차도 싫거든
슬픔이 자발적으로 즐기는 것 같아
내 생각의 진실이 그림자일까
넘어온 가지일까
중요하지
꿈이 사나워지거든,

엉키는 스텝

　육둘둘셋넷짝짝 입에 착착 감기는 스텝이 어느새 내 허
리를 비튼다 나도 잘 길든 불륜이다 우아하게 휙 돌고 싶
다 엇박자 스텝에 꼬인 불륜의 하루는 지루하다 눈이 풀
리고 아무것도 없는 시간이 부끄럽다 벽에 걸린 고흐의
오후의 휴식이 되고 싶다 살짝 흔들리는 바람은 살아있다
꼬인 스텝을 바로 잡아달라고 춤 선생을 찾는다 이상 없
단다 이런 스텝을 모르는 청맹과니 같으니라고 스텝이 꼬
였잖아요 소리지르지 못하고 주사한방 맞고 쓰디쓴 가루
약을 받는다 약을 먹는다 밤늦게 마주친 춤 선생과 꼬인
스텝을 밟고 싶다

동굴 속으로

세계의 평화를 위해
악당을 쳐부수기 위해
슈퍼맨, 베트맨, 번개맨. 원더우먼, 플래시 맨이 뭉쳤다
영화를 보기위해 꺼둔
휴대폰이 신호를 보낸다
누군가 어두운 동굴 속으로 악당처럼 숨고 있다
눈물 한 방울 나지 않는 죽음
문득, 나는 악당같다
어두운 동굴 속으로 가는 이는 착한 눈물을 요구했다
겨울의 시작을 알리는 잔바람에 잠시 휘청거린다
몸을 데워주는 따뜻한 물을 마신다
악당도 죽으면 가엾다
인지상정이다
문득, 아침은 먹을 수 있을까
어둠은 동굴처럼 나를 조이는데
악당을 쳐부술 누군가는 없다
나는 담담히 휘청거리다
어둠을 지나고,

詩는 내 속의 잠재된 울음

이층으로 올라가는 계단 끄뜨머리다

기대를 갖고 오른 계단은 허공쯤에서 길을 두지 않았다

허공이다 허방이다

방향을 잃은 두 눈이 멍텅구리 네비게이션이 된다

이상은 날개를 갈구 했고 나는 후미진 바닷가 계단에 그려진
날개가 생각났다

무엇을 보겠다고 올라 왔는지 지금 기억이 없다

미술관에서 훔쳐본 하늘을 나는 샤갈의 마을을 옮기는 중이다

쓸 수없는 것들이 있다

누군가 먼저 써 버린 싯귀 한 줄

나도 내 것이 될 수는 없다

고가의 미술품이 아니라 단 한 줄의 싯귀가 그렇다

데리고 나가기도 어정쩡한 어린 아기를 두고 엄마는 신문지를 밀어 넣고
밖에서 문을 잠그고 외출을 하신다
찢기도 하고 먹기도 하고 그렇게 시간을 보낸다
엄마는 잘 놀고 있는 나를 보니 웃음이 난다고 했다
그렇게 활자에 익숙해지고
활자는 그리움을 대신하고
그리움은 詩가 되고
詩는 내 속에 잠재한 울음을 주거나 기억을 돌려 준다
서랍 속에 숨겨두고 읽었던 이광수전집
12살의 치기였다

참고서라고 속인 꿈이었다
사는 게 먹기 싫은 닭 가슴살처럼 퍽퍽하고
혼자라는 게 고독이라는 게 그림자란 걸 알았을 땐
태종대 바다의 노을 속으로 걸어가곤 했다
시는 나를 대신하는 행위다
시는 나를 사랑하는 행위다
길 위의 풍경에 활자를 두고 풍경을 즐긴다
외롭게 시간을 보내는 것에 익숙해진다
　끝도 없이 쏟아지는 활자들은 아침이 다르고 늦은 저녁이 다르다

어떤 날은 미처 하지 못한 숙제를 하듯 활자를 채운다
어떻게 쓸까 고민 따위는 없다
키보드를 두드리기 시작하면 끝도 없이 이어지는 활자들이
혼자 데리고 놀았던 신문지뭉치가 된다
찢어발긴다
맛있다
어느새 기호식품처럼 ㄱ을 휘젓고 풍미를 위해 ㅅ을 넣기도
한다
기상이변 같은 폭염에 시 한 줄이 빈곤하다
이런 시간은 내가 원하는 시간이 아니다
기상이변이라고 핑계를 숨긴다
활자가 모조리 늘어져서 커피 잔에 채운 얼음조각 속에 집
어넣는다
자체 부활이다
얼어버린 활자는 굳어진다
그것도 문제다
손이 시리다
왼쪽 가슴이 아린다
재미없는 여름 폭염이다
모레가 처서다
창틈으로 바람이 들어온다
나의 생이 도화지에 잘못된 그림을 그리고 있다면 얼마나 슬

프겠는가

지우지도 못하고

다시 그릴 수도 없고

누구도 나를 배려 해 주지는 않는다

바다를 좋아하는 이유 하나는 마음대로 파도치는 물결이다

저렇게 마음대로 오고가는 모양새다

결코 사람이 어쩌지 못하는 능력이다

인간의 편의성에 길들여지지 않는 야성의 힘이다

자신을 사랑하는 존재감을 본다

나는 꽃이 아니었음에 떨어지는 꽃이 될 수는 없다

무엇을 얻기 위해

무엇이 되어야 한다고 생각하지는 않는다

지구를 거꾸로 돌리고 싶은 욕망을 가진 인간이지만

지구는 결코 인간의 욕망을 들어주지 않는다

굳이 무엇이 되지 않더라도

이미 누군가의 엄마이고

굳이 꽃이 되려 하지 않아도 이쁜 꽃을 좋아하는 '나'가 된다

그래서 어떤 존재로 살아 있다는 것은 참 다행이다

시는 말할 수 없는 것을 말하게 하고

창틈의 바람을 느끼고

그 바람소리에 잊혀진 기억을 소환하고

그 바람소리에 다시 기억을 덧댄다

시인은 행복한 존재라고.
시인은 바람소리, 물소리, 파도소리, 구름이 바람 따라 가는
길을 본다고.
기억한다

그리고,